Toxic Love Affair 3

FLOWERCHILD

Inhalt

Toxic Love Affair

Yoru und ich
sind in einem
Stadtteil aufge-
wachsen, der am
Meer liegt.

Kapitel

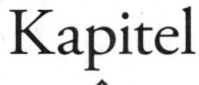

Yoru steht direkt ...

... vor mir ...

Ist ihr Mann nicht mitgekommen?

Warum ist sie wieder hier?

Ich muss wohl träumen.

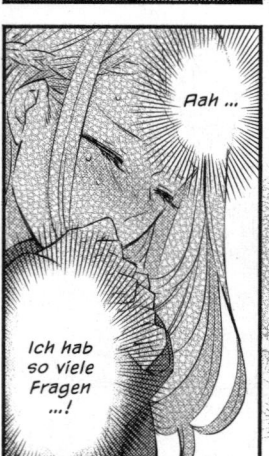

Aah ...

Ich hab so viele Fragen ...!

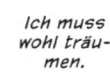

Ich kann mich nicht erinnern, dich kontaktiert zu haben.

Und ich war doch Klassensprecherin! Ich hab also einige Follower ...

I... Ich hatte noch meinen Messenger-Account aus der Highschool-Zeit.

Ah!

Was soll ich denn sagen?!

POCH

POCH

... viel zu lange her!

Es ist wirklich ...

...

Ich hab von jemandem erfahren, dass du hier sein würdest.

Und dann ...

POCH

GRAPP

POCH

... du blödes Herz!!

Gib Ruhe ...

POCH

POCH

DRÖP

»Ich wollte dich so gern treffen!«

»Lange nicht mehr gesehen!«

Kann ich so was ...

... einfach so locker sagen?

Sei?

Ähm ...

Können wir ...

... Freunde bleiben?

Entschuldige ...

Wenn es dir nichts ausmacht ...

... mit mir befreundet zu sein ...

... würde ich mich freuen.

Zweites Highschool-Jahr, Winter

GRINS

Sei!

Dieser Angestellte, den ich gerade erst gedatet habe ...

... hat mich beschissen!!

BAMM

9

... hätte ich
dich nicht
unglücklich
gemacht.

Wäre ich er
gewesen ...

... als
Nummer
eins be-
trachtet.

Ich bin
diejenige,
die dich ...

Ich werde
es immer wie-
der sagen!

Ich liebe
dich ...

Wir beide machen nämlich ...

Hör bitte auf mit diesem Wischiwaschi-Mist!

... das Gleiche mit ihr.

Du und ich ...

... sind in der gleichen ...

... Position!

Wir haben uns ...

Sei!

... getrennt.

Natürlich hat das nicht gestimmt.

Es macht mir nichts aus, wenn ich nicht deine Nummer eins bin!

Wir waren nicht in der gleichen Position.

Ich hab mir nur was vorgemacht.

ZITTER ZITTER

ZITTER

Das weiß ich.

Ich werde niemals das bekommen, was ich will ...

... selbst, wenn ich ewig warte.

Es gab für mich damals nichts anderes.

Ich will mich gar nicht daran erinnern ...

KULLER

KULLER

KULLER

... wie lächerlich ich damals war.

Aber manchmal ...

KLACK

... vermisse ich diese Stadt hier.

Ich bin mit meinem Mann ...

... nach Kyushu* gezogen.

*südlichste Insel Japans

RAUSCH

...

Wir leben zwar auch in Meeresnähe, aber ...

Die Meeresbrise, wie ich sie noch kenne ...

Hey!

Du sagst ja gar nichts!

Ich frag
mich ...

... über-
haupt ...

... ge-
genüber
verhalten
soll.

... wie
ich mich
dir ...

KATANG
KATANG
…
BWWWWW
BWWWWW
Hallo?
Sei?
Dich bekommt man ja gar nicht mehr zu Gesicht!
LÄRM
Mama …
TRUBEL
Tut mir leid, dass ich mich nicht mehr blicken lasse.
Bist du an einem Bahnhof?
LÄRM

Papa will dich auch mal wieder sehen.

Ich würde mich freuen, wenn du mal vorbeikommst.

Stimmt doch, oder?

Ja.

Bin gerade unterwegs.

Ach so.

Der Schnellzug Richtung Fujikicho ...

... fährt in Kürze auf Gleis drei ein!

POCH

Ich kann euch jederzeit besuchen.

Ach ...

Ihr wohnt ja nicht weit weg.

Aber ich hab ...

... viel zu tun.

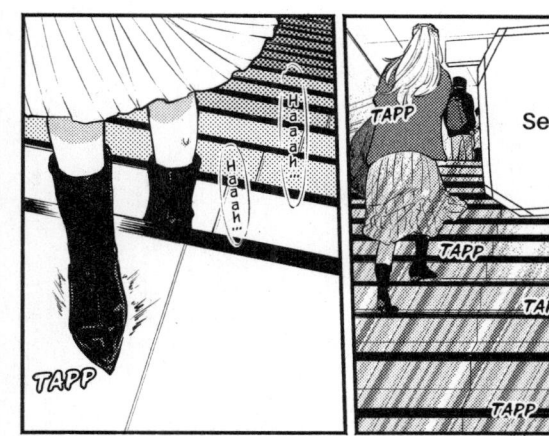

Sei?

Oh!

PRESS

Dieser Zug fährt doch auch zu uns ...!

Falls du einen Freund hast ...

Ach ja!

Kiyomi Kuro

BIEP

Anruf beendet

... kannst du ihn mit-bri...

Haaah ...

Sorry!

Ich steige jetzt um!

Ich muss auflegen.

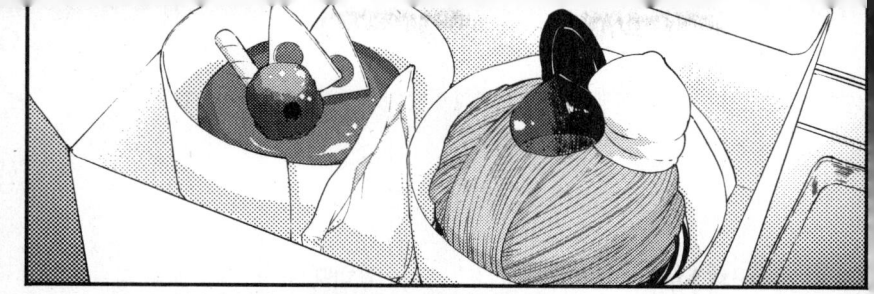

Oh!

Schön, dass du da bist.

Ich koche nämlich gerade wieder.

Du willst Kuchen essen?

Hm?

WUPP

Ich weiß nie genau, wann du da bist ...

Vielen Dank!

Ich frag mich, ob sie Süßes mag.

So ein Quatsch!

He he ...

... also mache ich oft was, das lange köcheln kann.

KLACK

KLACK

KLACK

Was soll ich zu Aya sagen?

KLICK

Hast du jemals darüber nachgedacht ...

Ist sie nicht da?

Ah ...!

Heute ist Sonntag.

An ihren freien Tagen kommt sie nicht her.

Wer ist hier »blöd«?!

Blöde Kuh ...

Warum bist du nicht hier?!

Du bist total blöd!

Das Foto von Ayas nacktem Körper hat sich in mein Hirn eingebrannt.

Ich muss es nicht mal ansehen.

Kapitel 12

Ich kann mich an jedes kleinste Detail erinnern.

Ich habe es mir ...

... immer wieder ...

... vollkommen gebannt angeschaut.

Harukiii!! Hörst du nicht zu?!

ZUPP

Haaah!!

Hast du schon Pläne für die Winterferien?

Da bist du ja, Haruki!

RAPPEL

Klingt super!♡

Kommt, wir hängen zu Hause ab!

Ich hab kein Geld und draußen ist es kalt!

Hey, Haruki!

Dass ich auch noch von dem Foto erregt werde, das mir Kurosaki geschickt hat!

Das ist echt blanke Ironie.

Ich rechne ...

... mit einem guten Ergebnis.

Sensei*, wissen sie ...

Gehst du nach Hause, Kaburagi?

Mann!

Ja.

*Künstler, Lehrer, Ärzte etc.

... treibt es
wie eine Be-
sessene ...

Ha ha ha ...
ich zähl auf
dich!

Ich werd
mein Bes-
tes geben.

I...

Diese
unscheinbare
Streberin, die
zu den besten
Schülern des
Jahrgangs
gehört ...

... mit
dieser
Femme
fatale
von einer
anderen
Schule.

So ist
die Welt da
draußen
eben.

WUPP

... ist mir klar geworden, dass ich Aya für mich haben will!

Ach, ist doch egal!

Ich bin eh nur eine dumme Göre.

RASCHEL

Oh ...

Hier steckst du also!

KEUCH

KEUCH

Haruki ...

... Schluss damit!

Jetzt ist ...

...

Okay.

Wir gehen nach Hause!

...

Ich seh dich momentan nur noch in der Schule ...

... und ich frag mich, was du nach dem Unterricht treibst.

Ob du dich mit Kurosaki triffst und so ...

Je mehr ich versuche, das alles zu verheimlichen ...

Also leugnest du es nicht?

Soll ich still sein?

... desto weniger ...

... gelingt es mir, damit durchzukommen.

Ach so.

SST

Wo ist deine Mutter?

Sie macht Überstunden.

FLAPP

FLAPP

Komm her!

Lass uns reden.

Wa...
Was
treibst
du da?!

ZEIG

Zieh
dich
auch
aus!

KRIEK

Ihr Körper ist wirklich wie auf dem Foto ...

So können wir am ehrlichsten reden ...

... glaube ich.

Was soll das hier werden?

Äh ...

Und er gehört Kurosaki.

Ich kann sie nicht anfassen.

Ich verbrenne noch vor Eifersucht!

Ja, ich glaube ich bin ...

Äh ...
Ähm ...

Ich werde nichts machen.

Ich will kurz so bleiben ...

Auch, wenn sich unsere Haut berührt ...

... ist dein Herz ganz woanders, Aya.

Aber ...

... bitte ...

Okay ...

... schenk mir diesen einen Moment.

... eng um-
schlungen
ein ...

... schliefen
wir ...

In dieser
Nacht ...

Dieser Stoff wird in der Prüfung vorkommen.

Ihr könnt mich jederzeit fragen, falls ihr etwas nicht verstanden haben solltet.

DING DONG

DING DONG

TACK

So!

Lehrerin zu sein ist hart, oder?

Burn-out?

Schlecht geschlafen?

Oder ...

FLAPP

FLAPP

... hast du etwa Liebeskummer?

Ooooh ...!

Kurosaki-chan!

Kurosaki-chan!

Was ist los, Kurosaki-chan*?

*verniedlichende Anrede für gute Freunde und kleine Kinder

Dein Gesicht!

Du bist gar nicht richtig geschminkt.

Kopf hoch! ♥♥
TADAAA
Ha ha ha ha!!
Was machst du da?!
BANG
BANG
Aber Kurosaki-chan steht doch auf Frauen, oder nicht?
Ich lindere ihren Schmerz mit meinem E-Körbchen! ♥
Gyaha ha ha!!
Aha ha ha! ♥
Dein BH ist riesig! Ha ha!
Du bist echt eklig!
Jetzt lasst den Unsinn!

Oh, oh!
Nix wie
weg hier!

Jetzt ist
sie sauer!

Ich frage
mich, was
eigentlich
...

... der
Auslöser
für die Ge-
rüchte über
Kurosaki
war.

Hey, sagt
mal ...

Ah!

Der
Auslö-
ser?

... hatte sie anscheinend engen Kontakt mit einer Schülerin aus dem ersten Jahrgang.

... aber als sie hier anfing ...

Wir wissen auch nichts Genaues ...

Ah, warte mal!

Sie müsste jetzt im dritten Schuljahr sein.

Bald hat sie die Schule geschafft!

An Mädchenschulen liebt man solche Stories!

... wie eine Klette!

Dieses Mädchen hing total an Kurosaki ...

... einfach nur Gerüchte?

Sind das also nicht ...

Ist sie nicht sogar sitzengeblieben?

Ich hab gehört, dass sie nach dem ersten Jahr nicht oft in der Schule war.

Sensei!

NICK

Oh!

Darf ich dich noch mal einladen?

Tut mir leid ...

... was neulich passiert ist.

Nächstes Mal kommen wirklich mehr Leute!

Was ist denn mit der los?!

Hosono ist so nett zu ihr und sie ist so eine eingebildete Schnepfe!

Wenn das okay für dich ist ...

Ich würde mich gern noch mal mit dir unterhalten.

Aaargh!!

... jucken ihn kein bisschen!!

Die Gerüchte über Kurosaki ...

Waaah!!

Waaah!!

Ah! Gib mir doch mal deine Nummer! ♥

Okay, warum nicht?

Lern jetzt! Tu es für Hosono!!

Du musst dich doch auch auf die Prüfungen vorbereiten!!

Das ist mir gerade total egal!

Nein, du hörst mir jetzt mal aufmerksam zu!

Hör auf, mich anzurufen!!

Haruki, du verstehst mich doch. Du hast doch bestimmt auch schon mal jemanden geliebt!

Du weißt doch ...

... wie sich das anfühlt, oder nicht?

Na ja ...

...

... ich kann nachempfinden, wie es sich anfühlt ...

Waaaaas?!

... wenn man dabei sehr schlechte Chancen hat.

Hab mich versprochen ...
Äh ...

Was meinst du mit »schlechte Chancen«?!

Alles ...

... klar ...

...?!

Ich weiß ja nicht, in wen du verknallt bist, aber ich werde ihn auf keinen Fall aufgeben!!

FIIIIIEP

Haaah...! Haaah...! Haaah...!

Haaah...! Haaah...! Haaah...!

Darum werde ich ...

Kurosaki hat ihn voll in der Hand, obwohl sie nicht mal Interesse an ihm hat! Der Arme ...

Warte, warte, warte!!

Nichts überstürzen!

AUFSPRING

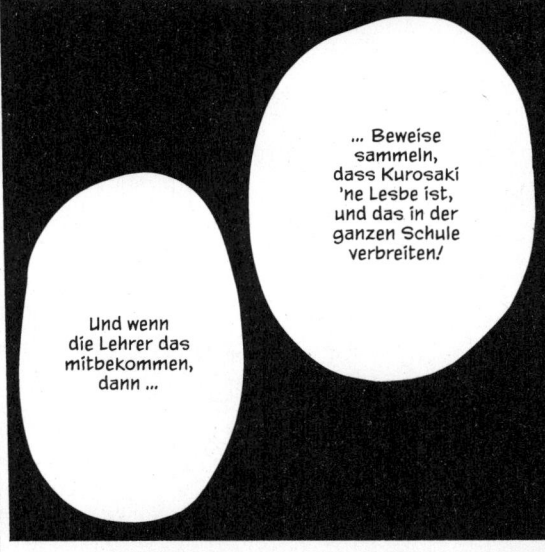

... Beweise sammeln, dass Kurosaki 'ne Lesbe ist, und das in der ganzen Schule verbreiten!

Und wenn die Lehrer das mitbekommen, dann ...

...

... wie weit sind Kurosaki und Aya ...

... wohl schon gegangen?

Ich hab für so was nicht mal die Energie, also beruhig dich.

Warum bist du so panisch?

Äh ... Okay?

Erschreck mich doch nicht so!

Was meinst du ...

RATTER

RATTER

Mochida ...

Willst du mich jetzt ausfragen, oder was?

Aya ist ... meine al-
lerbeste Freundin.

Hm?

Und ich werde sie nicht einfach verraten!

Ach, nein!

GENERVT

プ ル キ ...

Du Feigling!

Haaah ...

Die ist zu nichts zu ge-brauchen!

PLUMPS

Vergiss es!! Over and out!!

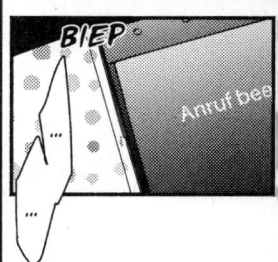

BIEP

Anruf bee

2-F

An die wichtigen Infos ...

Was machst du nun?

Ach, kein Problem!

Ähm ...

Sitzenbleiben ist echt nicht cool!

Du willst wohl nicht versetzt werden?

LÄCHEL ♡

... komme ich auch allein.

Können wir uns mal kurz unterhalten ...

... Senpai?*

*Anrede für ältere Schüler, Studien- und Arbeitskollegen

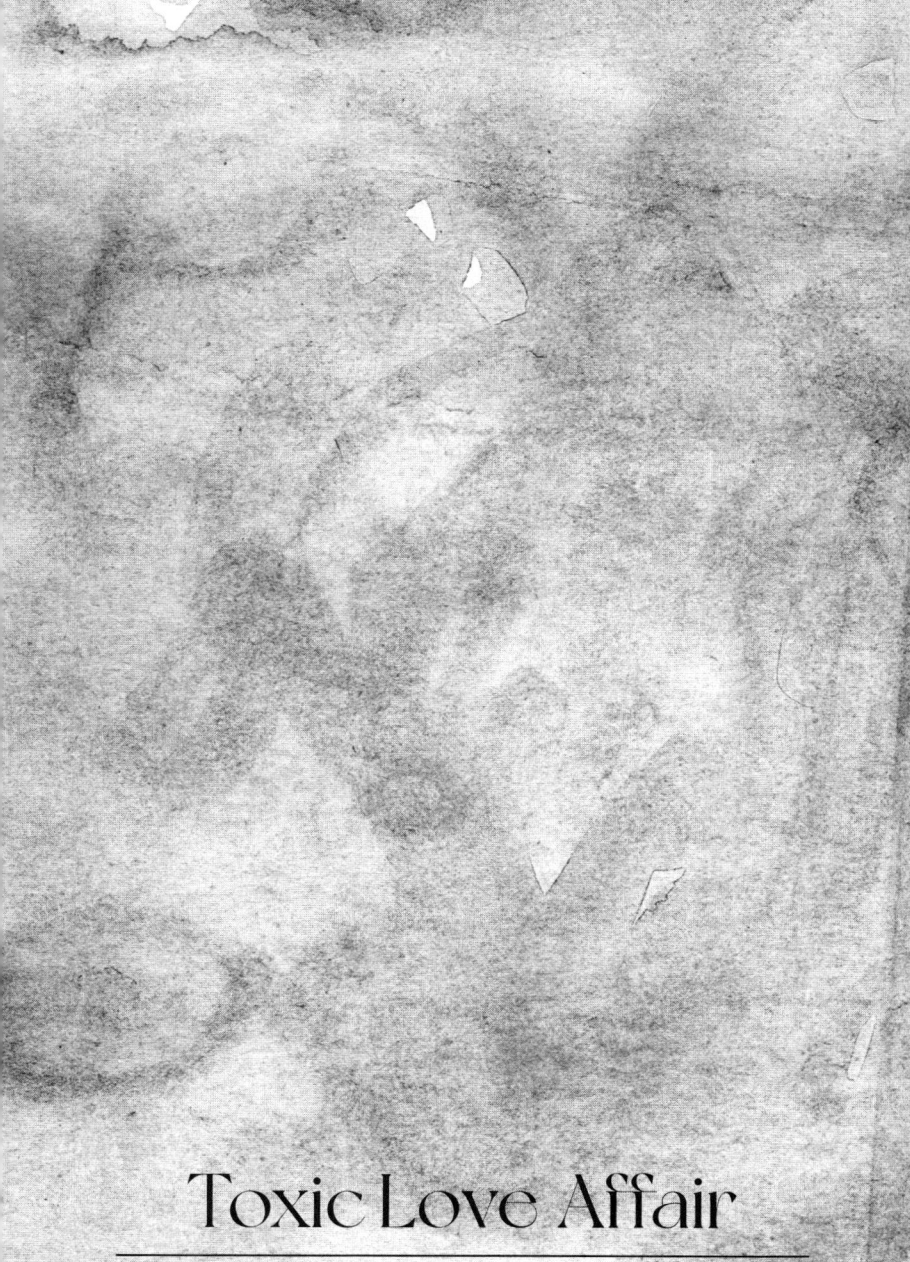

Toxic Love Affair

Toxic Love Affair

Kapitel

13

Senpai!

Dürfte ich dich mal kurz etwas fragen?

Vor zwei Jahren?

Die da drüben weiß mehr, glaube ich.

Ach ja!

Sie ist die einzige in unserem Jahrgang, die mit Sakai redet.

Du meinst Sakai?

Sie ist sitzengeblieben und schwänzt auch öfter.

Man fragt sich bei ihr immer, wann man sie eigentlich das letzte Mal gesehen hat.

... ist das plötzlich so interessant?

Aber warum ...

Schon klar, dass du mich das fragst.

Sieht wohl so aus, als würde ich öfter mit ihr reden, was?

Alle ihre alten Klassenkameradinnen sind jetzt im dritten Jahr ...

... und verlassen im Frühling die Schule.

Und danach werden auch diese Gerüchte einfach aus der Welt verschwinden.

Ich ...

Sie wohnt in meiner Nähe und immer, wenn ich ihr Handouts vorbeigebracht habe, hat sie ein bisschen davon erzählt.

Okay ...

... aber erzähle es nicht weiter!

... will es einfach wissen.

Das brauche ich ...

Ich habe meine Gründe.

Danke, dass du mir beim Tragen der Unterlagen hilfst ... Äh ...

Ich heiße ...

... Mochi-da.

WAMM

Ich bin an diese Schule gekommen, weil sie in der Nähe von meinem Zuhause ist.

Was ist?

Ich hatte echt Schwierigkeiten, jemanden zu finden, der mir hilft.

Schon das erste Schuljahr verlangt einem viel ab!

Aber ich hab mich vorschnell entschieden.

...

Sie befindet sich im selben Stadtteil. Jedes Mal, wenn ich die Schuluniform sehe ...

Verstehe. Du wolltest eigentlich auf die Konoe Highschool gehen, oder?

... ist es für mich die reinste Folter.

STARR

Das ist doch nicht das Ende der Welt! Es ist bloß eine High-school.

Ach ja?

Oho!

Klingt gut!

Ja, das sagen Sie so leicht!

Mit dieser Schule kannst du auch an die Uni kom-men!

Wenn Sie mir ...

... Einzel-nachhilfe in Mathe geben ...

Ich bin dabei!

... sehe ich das alles vielleicht anders.

Ab der wievielten Klasse willst du Nachhilfe?

Ha ha ha ha!

Nein, das war ein Scherz!!

Ein Scherz!!

Meinen Sie das ernst?!

Okay!

Machen wir!

Häää?!

Den Stoff ab der Mittelschule ...

MURMEL

ZAUDER

ZAUDER

Äh ...

Äähm ...

Also ...

BAMM

Sie würden das nach dem Unterricht nur für mich tun?!

Ich bin auch ein AG-Leiter, also kann ich das nicht jeden Tag machen.

Jetzt wird's ja immer konkreter!

Und seit- dem ...

... sind mir die ro- ten Schlei- fen egal.

71

Im Wetterbericht haben sie gesagt, dass man sich für Schnee wappnen soll.

Der Schnee bleibt in der Stadt überhaupt nicht liegen.

Endlich sind die Prüfungen vorbei!

Hast du nicht auch Lust ...

...

... das jetzt so richtig zu feiern?

Okay, vielleicht nicht draußen bei dem Wetter ...

Na, was ziehst du denn für ein Gesicht?

SSSCH
シュ

SCHÄM

Aber wir haben noch nicht mal unsere Noten.

Wir können uns doch trotzdem freuen, dass alles vorbei ist!

DREH

... wirklich nicht feiern?

Sag mal ...

... wollen wir ...

Ach, Klappe!

Du willst in einem Café feiern?

Wie schön ...

Komm!

Ziemlich angesagt!

Es gibt da ein kleines, nettes Café!

Sie weist mich nicht ab.

Hah ...

ズシ
ズシ
WUSCH

Wir müssen hier schnell vorbei!

Wir sind fast da!

Oh!

Seika Mädchen-Highschool

Verdammt!

Der Weg zum Café führt hier lang ...

Aya ...

Komm, wir ge-hen!

Wer bist du denn?

Ihr ...

Das wart doch ihr, oder nicht?!

Hm? Wovon re-dest du?

Habt ihr der Frau ein Bein gestellt?

STARR

Warum ist diese Frau ...

... für Aya so dermaßen wichtig?

Die ...

... geht mir echt auf die Nerven.

Vor zwei Jahren ...

... hat sich Kurosaki an unserer Schule an ein Mädchen rangemacht.

Sei Kurosaki hat vor zwei Jahren eine Schülerin in ein sexuelles Verhältnis gezwungen. Die Schülerin kam deswegen nicht mehr zur Schule.

Senden

Aya und Kurosaki ...

... treffen sich nicht ...

... einfach nur so.

Diese Schülerin ist noch immer an der Schule eingeschrieben ...

... aber sie kommt kaum noch.

Wenn sie gewusst hätte, dass Kurosaki sie verarscht ...

... wäre Aya vorhin nicht so sauer gewesen.

TOCK

TOCK

Lehrer-Umk

Jetzt machst du also wieder so was.

Scheint für dich ja ganz normal zu sein!

Sonst ...
... poste ich das ...
Sei Kurosaki hat vor zwei Jahren eine Schülerin in ein sexuelles Verhältnis gezwungen. Die Schülerin kam deswegen nicht mehr zur Schule.
... auf allen Kanälen!
Hmpf ...

Das ist nicht al- les!!

D...

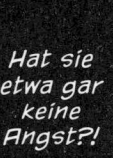

Hat sie etwa gar keine Angst?!

Warum nur?

Ich hab ...

... ihren Schwach- punkt ge- funden ...

... und sie in eine ris- kante Lage gebracht.

Ich werde mit meinem Alternativ- Account allen erzählen, was du gemacht hast!!

Das muss doch ...

... funkti- onieren!!

Ich hab gesehen, dass du eine Schülerin von der Ko- noe geküsst hast!

Nur zu!

Häh....!

Häh....!

SST

Wenn sich das rumspricht, war's das mit ihrem Leben!

Du bist echt ignorant!

Ist dir egal, was mit dieser Sakai passiert?!

Du hast doch gar nicht den Mumm.

Ich mach nur Spaß.

KLACK

Widerlich
...!

TAPP

Du willst
also mit
dieser Sa-
che weiter-
machen?

Na los, du kannst ruhig lachen.

Hast du dir Sorgen gemacht und bist deswegen hergekommen?

An dieser Schule geht's ganz schön zur Sache, oder?

... für mich ...

So läuft es hier ...

Von Hosono-sensei ...

... habe ich ja mal erzählt.

VERBEUG.

Du bist eine Bekannte von Kurosaki?

Das trifft sich gut.

Das wäre sehr nett!

Dann solltest du sie nach Hause bringen.

Kapitel 14

Wenn ich Männer wie ihn lieben könnte ...

... könnte ich bestimmt sehr glück-lich werden.

Er ist nett, nicht wahr?

POFF

SCHWANK

Ich kann einfach nicht erwachsen werden.

... oder als vollwertiges Mitglied der Gesellschaft ...

Egal ob als Studentin ...

Das ist ...

Hach ...

Und irgendwann hab ich begriffen ...

... mein Fluch.

... dass es in meinem Leben ...

... nie jemanden geben wird, der mich liebt.

... und werde angefeindet.

Deswegen bin ich wahrscheinlich so abgedreht ...

Ha ha ...

Ich hab mein Bestes gegeben ...

KRAUSPER

GRAPP

Sorry!

Aber wenn ich dich anschaue ...

So was denke ich und lächele dabei.

»Mich kümmert nicht, was noch passieren wird.«

»Alles andere ist mir egal.«

... dann zieht sich in mir ...

... alles zusammen ...

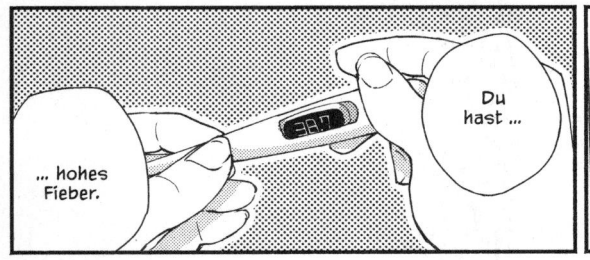

Du hast ...

... hohes Fieber.

Ich dusch nicht.

Meine Klamotten bringe ich in die Reinigung.

WUPP

Na ja ...

Hast du geduscht?

Ich hab mir in der Schule nur die Füße gewaschen.

WRING-

Ah ...

Das tut gut.

Beug dich vor.

Okay ...

Hast wohl keine Energie mehr, was?

BAUMEL

FOMP

Chrrr ...

Ich gehe den
gleichen Weg
wie Sei.

Ich sollte
mich mal
nach Medi-
kamenten
umsehen.

KRAM

HOCK

Liebe wer-
de ich wohl
auch nicht
finden ...

?

Ganz
anders
als du.

Ein richtig
schrilles
Mädchen.

Ich habe
alle Bilder
weggewor-
fen ...

... auf
denen
sie zu
sehen
war.

Das
ist
Yoru
...!

Ein einziger
Fetzen Erin-
nerung ...

... ist
noch ge-
blieben.

Ja, aber
eins ...

PLITSCH

... die Highschool-Zeit ...

... stehengeblieben ...

... werde ich einfach so tun, als wäre ...

Ziemlich verschlissen.

Das liegt nicht am Alter des Fotos ...

Hat sie es jeden Tag in der Hand?

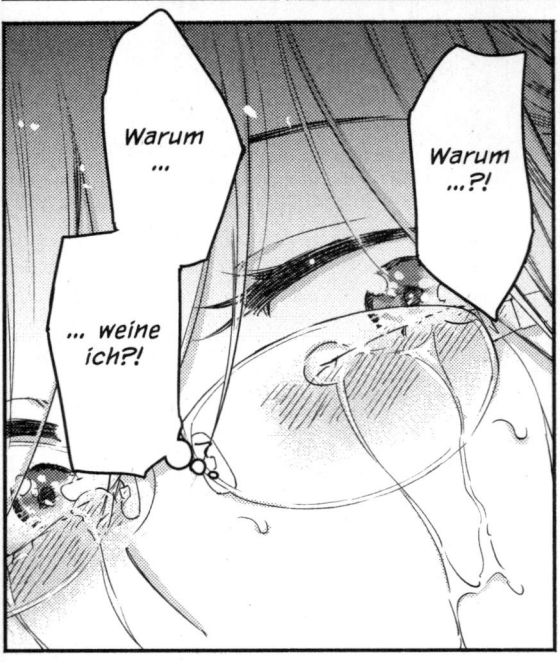

Warum ...

... weine ich?!

Warum ...?!

TRÄN

Ah ...

Vielleicht ...

... den du
so lange
behältst ...

... ist das
dein Talis-
man ...

PII
PII
PII
PII

36.5

Hmmm
...!

... bis eure
Zeit irgend-
wann ge-
kommen ist.

Ja ...

Hmmm!

Mir geht's super!

Gut, dass ich mich am Wochenende auskurieren konnte.

Na ja ...

Du warst völlig am Ende, also konnte ich dich nicht allein lassen.

Zum Glück hast du mich die ganze Zeit gesund gepflegt.

Hah?!

WUPP

ZUCK

Was ist denn?

Es geht also sofort wieder darum, ja?!

...

Vielleicht wäre es wirklich besser, nicht mehr herzu- kommen!

PAMM

Diese Sache wird für mich immer schwieriger, je mehr ich über dich und Yoru weiß.

Ja!

Okay.

Hm.

Ich fliege morgen Mittag.

PIEP

Ja?

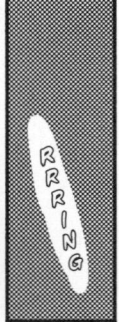

RRRING

Puuh ...

PIEP

So ...

... Schatz.

Okay, wir sehen uns am Flughafen.

Danke ...

Seis Wohnung müsste hier in der Gegend sein.

UMSEH

NICO

Bin ich einfach nur ein Sex-objekt für sie?
Warum willst du denn nicht?
Wir können es doch so wie immer machen!
Hah!
Hah ...
Hah ...!
GRAPP
KRIIK
Denk ein-fach an nichts ...
... und leg dich hin!
Ich mach es so, dass es sich ... ♥
TSCHUPP
... für dich gut anfühlt. ♥
Hah!
KISS
Ah ...
ZUPP

Sag
meinen ...
Namen!

STARR

RAPPEL

BONK

Haaah ...

T...

Tut mir
leid ...

Das wollte ich ...

... nicht sagen.

...

Ich kann ...

... das nicht mehr.

GRAPP

DRÜCK

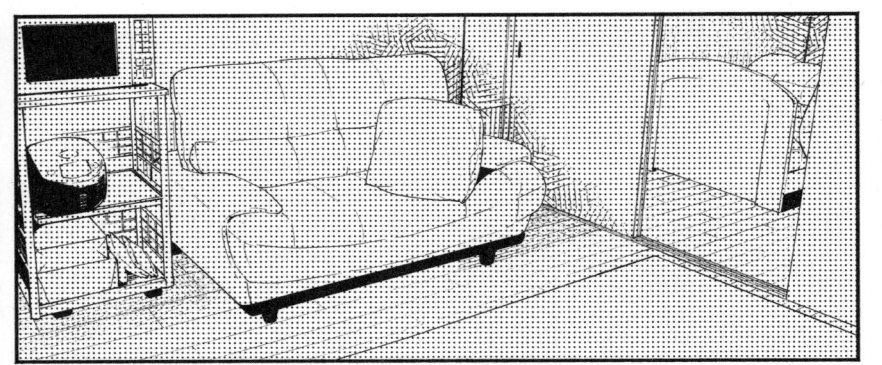

Den gebe ich dir zurück.

Ich kann den Schlüssel nicht einfach weiter mit mir herumtragen.

KLACK

Aya ...

... meint es also ernst ...

Aber sie hätte ihn doch behalten können!

Ach!

KLACK

Hey ...

... Yoru.

Hörst du mich?

Hier habe ich es aufbewahrt.

Früher habe ich es fast jeden Tag angeguckt ...

Oh Gott ...

Ich schäme mich so ...

... und mit Yoru gesprochen ...

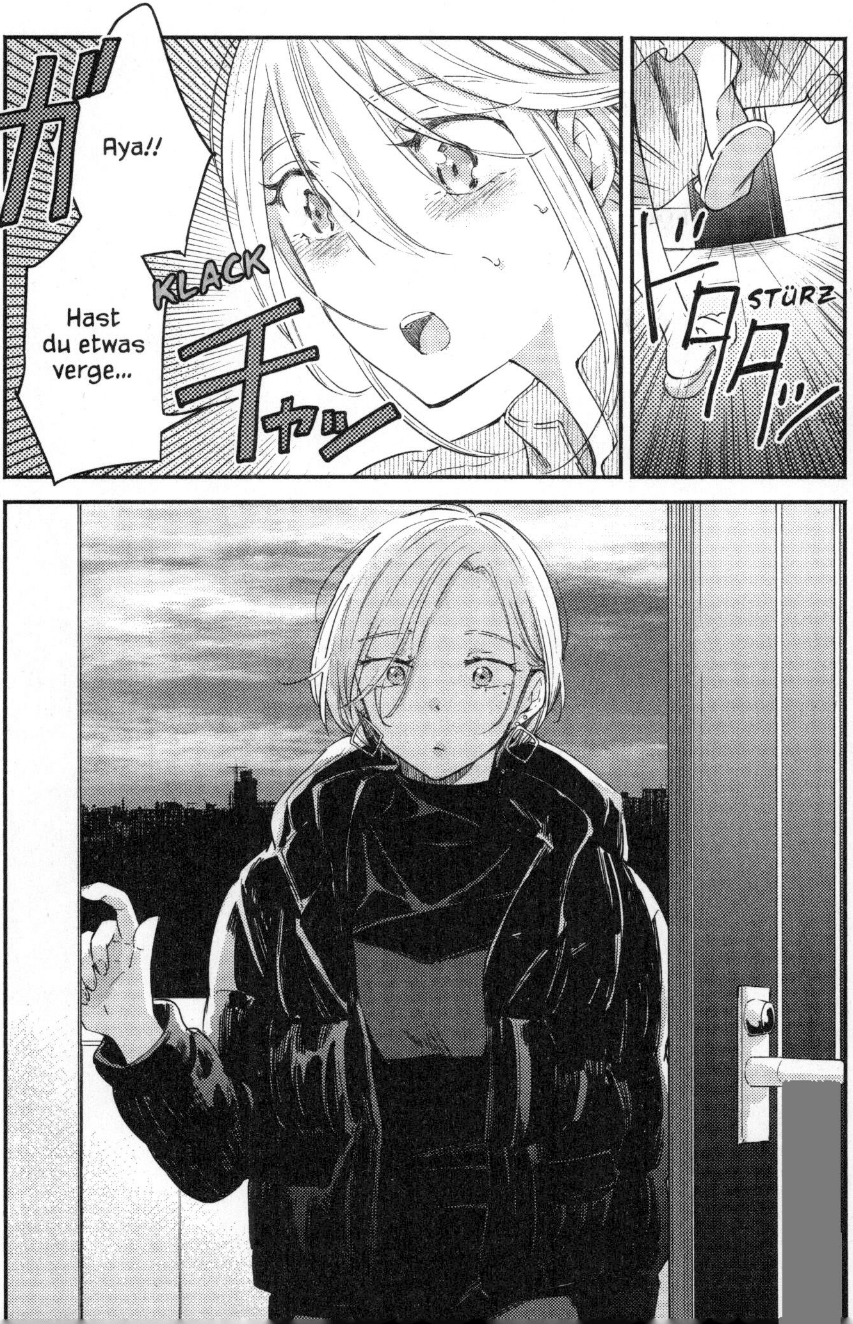
STÜRZ
Aya!!
Hast du etwas verge...
KLACK

124

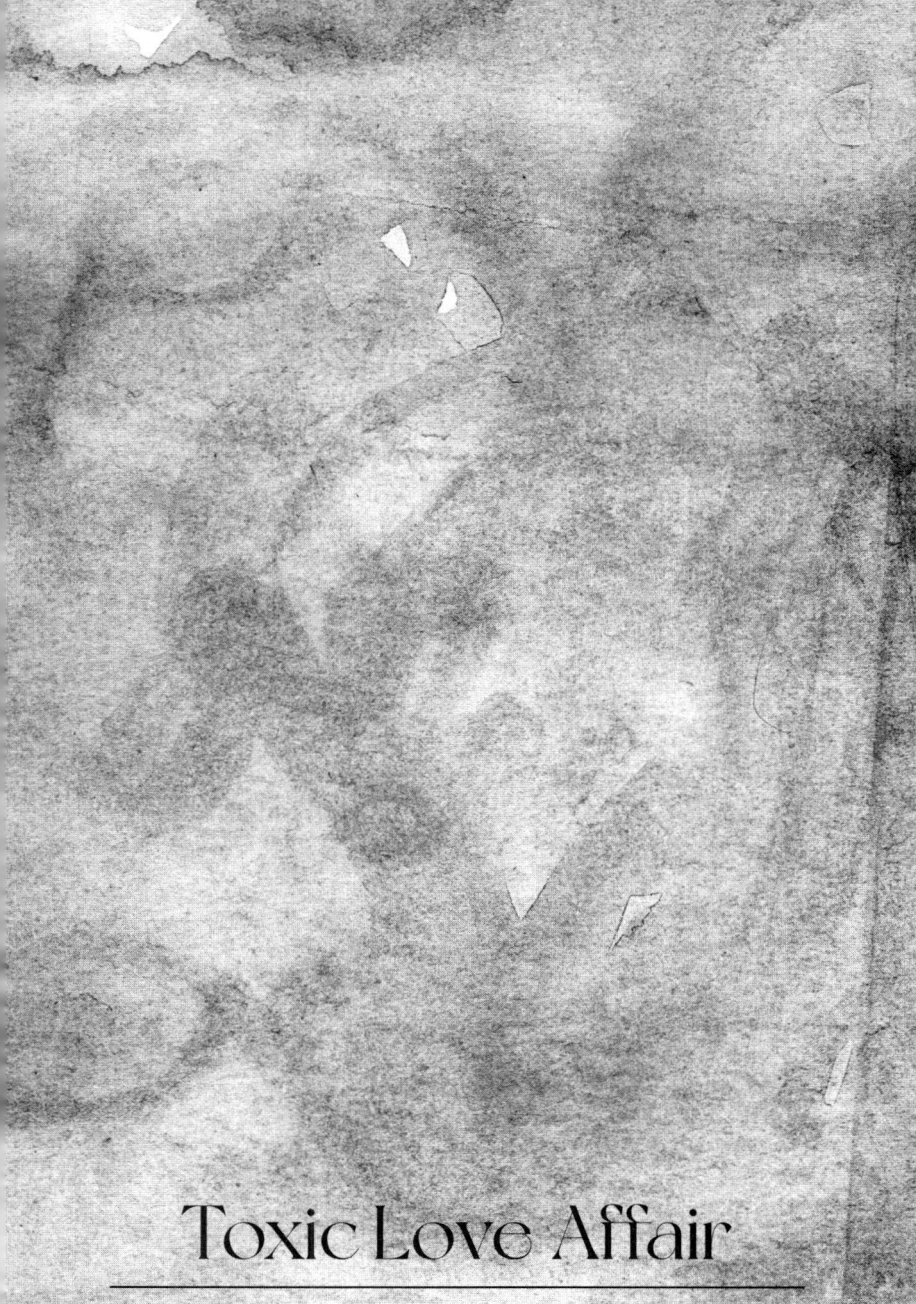

Toxic Love Affair

Toxic Love Affair

ZUCK
Ähm ...
Ich suche eine Adresse, könntest du mir helfen?
Oh ...
Okay ...
SCHNIEF
Wohnst du in der Nähe?
In dieser Gegend sieht alles gleich aus!
DROP
BONK

Das ist
Yoru.

Kapitel
⟨15⟩

Das ist die Adresse.

Kein Zweifel ... Ich hab sie vorhin erst auf dem Foto gesehen.

?

STARR

Schulfreundin ...?

Ah, verstehe ...

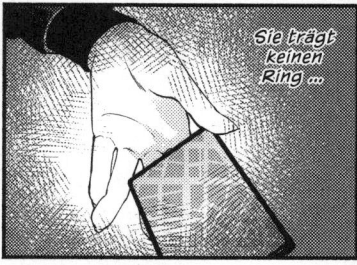

Sie trägt keinen Ring ...

Dort wohnt eine frühere Schulfreundin von mir. Ich bin zum ersten Mal in dieser Gegend!

KLACK

Schöne Wohnung!

Ist bestimmt teuer.

Nanu?

KLACK

STARR

Die Tassen sollte ich für eine Weile wegstellen.

Deine Eltern sind ja auch Lehrer, oder?

Du bist jetzt Highschool-Lehrerin?

Ach ja!

Sie standen noch hier, bevor ich Yoru reingelassen habe ...

Kommt hier jemand öfter vorbei?

Die Tassen passen zueinander!

Ah!

Oh ... Shit!

Das sind ...

Hm?

Ähm ...

Bist du doch keine Lehrerin?

... Ayas Tassen ...

132

Sie will all die verlorene Zeit, in der wir uns nicht gesehen haben ...

... mit leeren Worten wiedergutmachen.

Passt gar nicht zu mir ...

Ich bin jetzt Vollzeithausfrau!

Ist der Job sehr stressig?

Ah, okay.

Doch, doch!

...

STILLE

Das ist echt zum Kotzen.

... und ob wir irgendwann Kinder haben ...

So lebe ich jetzt!

Alle fragen mich immer, ob ich mich gut um meinen Mann kümmere ...

Du machst dir wohl immer noch einen Kopf wegen damals?

PAFF

PAMM

Es kümmert dich einen Scheiß, wie es mir geht!

PAMM

PAMM

BOMM

Du Mist-stück!!

Au! Du tust mir weh!

Wenn wir nach dem Unterricht allein waren ...

... kroch Sei auf dem Boden, flehte mich an ...

... und leckte mir die Füße.

UMARM

Dieser Anblick ...

... hat sich in mein Gedächtnis eingebrannt.

Wie soll ich denn so was vergessen?

Sag mal ...

Wollen wir heute Abend was machen?

Hm?

KATANG

KATANG

ZITTER

SCHAUDER

Auf gar keinen Fall!!

Oh...

Wollen wir hier rein?

Ich will es nicht einfach machen, ohne vorher darüber nachzudenken!

Was zum ...?

Aber das ist das Einzige, was ich für dich tun kann.

Okay, dann gehen wir wieder.

Ich bin bloß ein Spielzeug für dich.

Lass uns zusammen fahren.

Das Haus meiner Eltern und deine Wohnung liegen auf demselben Weg.

Wir verabschieden uns unterwegs.

ZUCK

Warte!

Wohoo!

Ich war schon lange nicht mehr in Love Hotels*! ♥

Jetzt bin ich doch hier gelandet ...

*Hotel für Liebespaare mit anonymem Check-in

ZIPP

Wenn ich Yoru jetzt anfasse, macht sie kein Theater ...

Oh ...

ZUCK

Kannst du mir mit dem Reißverschluss helfen?

Hey!

KLACK

SST

Nein ...

Wollen wir noch duschen?

Ich will nämlich deinen Duft riechen ...

Heh ...

Du hast dich echt nicht verändert.

*Verzeih
mir, Aya ...*

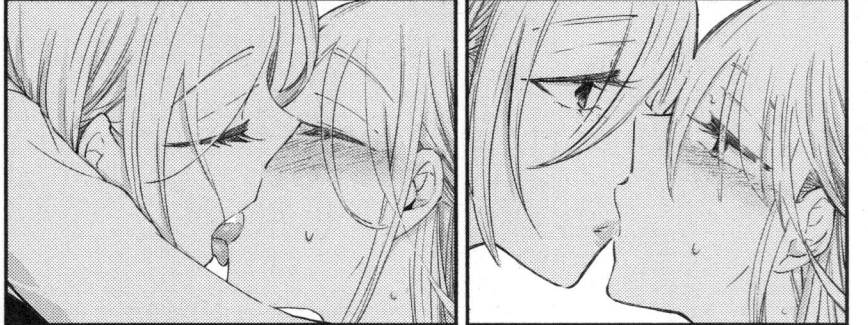

Ich hab dir gesagt, dass ich nicht mehr Yoru sein will.

Vielleicht denkst du nun, dass ich nichts mehr mit dir zu tun haben will ...

Schön für sie ...

... dass jetzt die echte Yoru da ist.

Sie lacht ...

FLAPP

Aber ich freue mich überhaupt nicht da-rüber.

Es ärgert mich so sehr, dass ich am liebs-ten sterben möchte!

TAPP

H!!

TAP

Wa...

TAPP

H!!

RATTER

TAPP

Ich werde jetzt nicht mehr wie ein braves Mädchen rumsitzen und warten!

Wartet!!

KLANK

RAPPEL

Aya ...

Wir haben uns auf die denkbar schlechteste Weise kennengelernt.

Aber soll das alles ...

... jetzt einfach so enden?!

Bist du nicht nach Hause ...?

Fortsetzung folgt

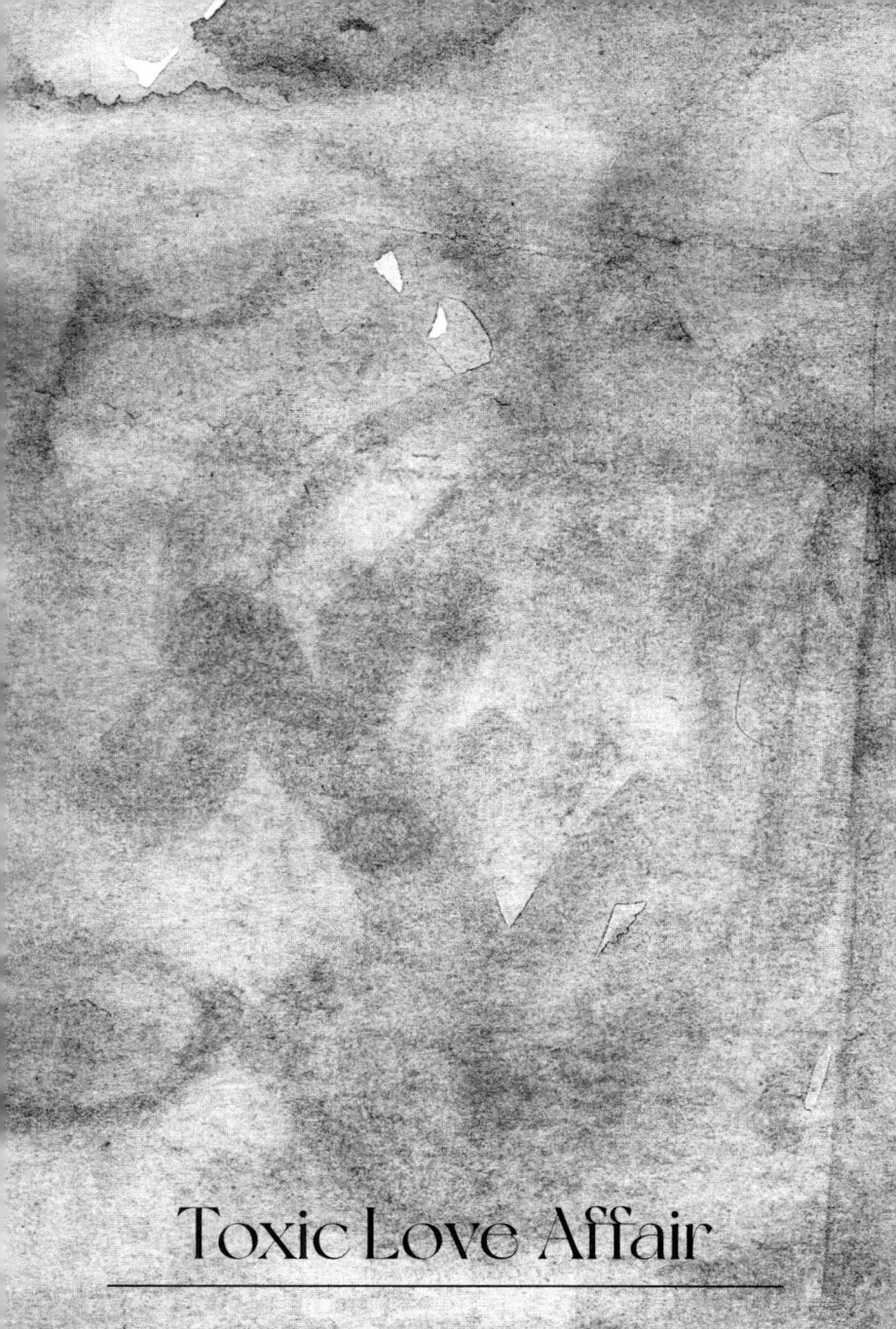

Toxic Love Affair

FLOWERCHILD

Man hat mir geraten, einen ernste-
ren Manga zu zeichnen, da auch
mein Zeichenstil recht eindringlich
wirkt. Das Ganze hat sich dann
zu einer richtigen Manga-Reihe
entwickelt. Aber ich liebe es auch
Comedy-Manga und Chibi-Charak-
tere zu zeichnen ... also flippe ich
am Ende von jedem Band bei einer
Bonus-Story aus!

Toxic Love-Kindergarten Teil 3

Habt ihr alles dabei?

Heute übernachten wir alle zusammen im Kindergarten!

Die Leiterin der »Liliengruppe« ...

... ist Sei.

Jaaaaaaa!!

KRAAH

KRAAH

LÄRM

Irgendwo in einem ganz normalen ...

PLÄRR

Zahnbürste ...

Handtuch ...

Ayachan ...

Mein Stoffbär Kuuchan ...

KLAPPE!

Juhuu!

BOING

Ich kann nicht schlafen, wenn es ganz dunkel ist!

Motchii ...

Wir schlafen im Kindergarten!

Harukichan ...

WUPP

ZAPPEL

Die Kinder flippen aus!

... Kindergarten.

PAAANG

Aaah!

Eine Rauchbombe, schnell weg!

SSSCH

Sie haben zusammen viel Spaß im Kindergarten.

TSSSCH

PSSSCH

KRACK

KNISTER

BOFF

Was soll das?!

Raaah!

Fang mich doch!

BOFF

Na, na!

FLAUSCH

FLAUSCH

Und das Curry war lecker!

Das Feuerwerk war lustig!

RATTER

PAFF

Haruki-chan schläft schon!

BONK

Gibst du schon auf?!

Okay, dann geht auch schlafen!

Hah ...

Hah ...

ZZZZZZ

PAFF

SCHWANK

WUPP

Friss das!!

Ich schlafe bei euch!

So ...

DONG

Ab ins Bett-chen!

POCH

POCH

Das ist ja bloß Sei!

WUUUSCH

Hah?!

Ein Geist!

Zzz

Uuh ...

Ich kann nicht schlafen!

FLENN

Toxic Love Kindergarten – Ende

Handlung
(Die Story ist grob zusammengefasst)

Sei als Redakteurin ←

Ich bin's, FLOWERCHILD! Danke, dass ihr euch den dritten Band gekauft habt!

Wie der Inhalt Toxic Love Affair entstanden ist ...

Eine unmoralische Frau, die schon sehr lange einer unerwiderten Liebe hinterhertrauert und dies in alle Ewigkeit tun will. Ihre Gefühle sind ...

Heute erzähle ich euch, wie die Handlung dieses Mangas entstanden ist.

KLACK

Aya als FLOWERCHILD ←

Sobald ich es gezeichnet hatte, verflog dieses komische Schamgefühl wieder.

Aya berührt Sei im Schambereich und lässt ihren Finger sanft hineingleiten. Sei, die zunächst noch ganz ruhig war, beginnt zu glühen und fängt an zu stöhnen.

Nachdem ich nonstop getippt und alles gelesen hatte, hab ich alles neu geschrieben.

ZITTER

ZITTER

Die Handlung wirkte wie die eines billigen Handyromans* ...

SPROTZ

KLACK

Argh ...

Ich schick's jetzt einfach ab!

Mail versendet!

SSST

Ich hatte gern längere Sex-Szenen, aber die Story darf nicht zu kurz kommen!

Ich darf nicht auf den Kalender schauen!

Streit!

Die Szene ist etwas peinlich, aber ich will sie unbedingt reinnehmen!

Die Deadline!!

Leid!

Der Text
(Was zum Beispiel in die Sprechblasen kommt)

Der Arbeitsschritt, der die größte Anstrengung erfordert, wenn man seine Fantasie verwirklichen will.

Gott, das muss schlimm sein, diesen Text zu lesen! Aber sie hat's durchgezogen!

Die Redakteurin las sich alles aufmerksam durch.

Die düstere Atmosphäre ist echt gut!

Aber vielleicht geht das alles ein bisschen zu schnell!

*Trivialliteratur, die auf Mobiltelefonen konsumiert wird

KLAPPER

... bei diesem Erzählfluss kommt der Charakter nicht ganz rüber!

Da ist es!

Eine wichtige Sache, die untergegangen ist!

Gut, es wurde nur wenig geändert!

Aber ...

Aber?!

Hah ...

Oh!

Sie hat es schon gelesen?

Das ist super!

Kurze Zeit später ...

FLUPP

FLUPP

Aaah!

Jetzt wird noch mal alles umgeschrieben!

Keine Ausreden!!

Ich glaube, das Ende ist auch zu simpel!

Das hier auch!!

Noch mal neu!

FLUPP

HMMMPF

Aber ich hab zu viel am Text gearbeitet und war allmählich erschöpft.

Also hab ich mich noch mal einen Tag ran gesetzt und alles überarbeitet.

Eine stressige Nacht vor der Abgabe ...

Ich bin so mü-de ...

Ich hätte das gleich anders machen müssen, dann hätte ich auch nicht solchen Stress gehabt!

Und dann ging es endlich ans Zeichnen! (Zeichnen macht mir ja Spaß, darum war das kein Thema.)

Das hast du super gemacht!

Bingo!

Ich schick's ab.

Fertig!

Haah ...

Haah ...

Ich hoffe, ihr werdet auch Band 4 lesen! Oktober 2020, FLOWERCHILD

TOKYOPOP GmbH
Hamburg

TOKYOPOP
1. Auflage, 2022
Deutsche Ausgabe/German Edition
© TOKYOPOP GmbH, Hamburg 2022
Aus dem Japanischen von Sascha Mandler

© 2020 FLOWERCHILD.
All rights reserved.
First published in Japan in 2020 by Ichijinsha Inc., Tokyo.
Publication rights for this German edition arranged
through Kodansha Ltd., Tokyo.

Redaktion: Lisa Duty
Lettering: Vibrant Publishing Studio
Herstellung: Shujun Wong
Druck und buchbinderische Verarbeitung:
CPI – Clausen & Bosse GmbH, Leck
Printed in Germany

Wir achten auf die Umwelt.
Dieses Produkt besteht aus FSC®-zertifizierten
und anderen kontrollierten Materialien.

ISBN 978-3-8420-7173-5

www.tokyopop.de